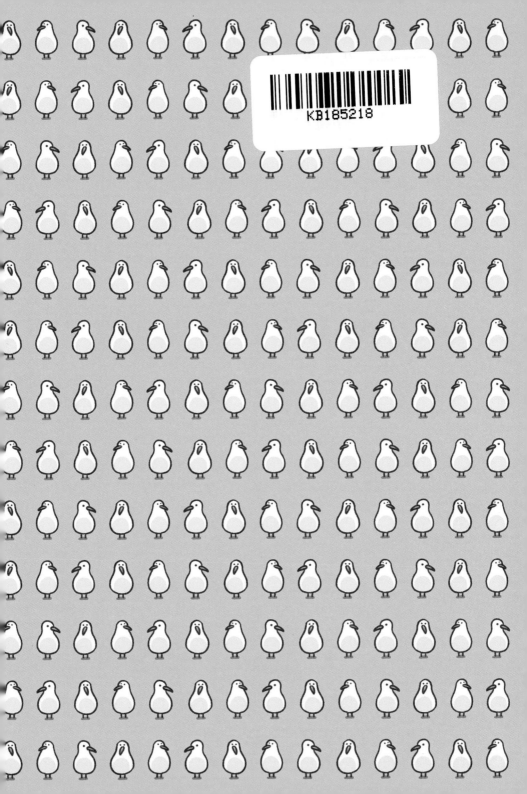

KB185218

변비 탐정 쌀롱

4 왕관을 노리는 토끼들

글 이나영

대학에서 생물학과 문예창작을, 대학원에서 아동문학을 공부했습니다. 2012년 《시간 가게》로 문학동네어린이문학상을 받으며 작품 활동을 시작했습니다. 쓴 책으로 《그림자 아이》, 《열세 살의 덩크 슛》, 《붉은 실》, 《블루마블》, 《열두 살, 사랑하는 나》, 《상처 놀이》, 〈소원을 들어주는 미호네〉 시리즈 등이 있습니다.

〈변비 탐정 실룩〉이 어느덧 네 번째 이야기로 돌아왔습니다! 이번 권에서 실룩은 잠시 탐정 사무소 문을 닫고, '강토끼 3종 경기 대회'에 선수로 참가합니다. 화장실이 급할 때를 빼고는 잘 뛰지 않는 실룩이 자그마치 3종 경기에 나가다니, 대체 무슨 일일까요? 대회 우승을 향해 치열하게 경쟁하던 토끼들은, 배에서 일어난 도난 사건을 계기로 서로의 생각을 들여다봅니다. 그 장면이 여러분에게도 의미 있게 가 닿기를 바랍니다.

그림 박소연

대학에서 한국화를 공부했고 일러스트레이터로 활동하며 다양한 그림을 그리고 있습니다. 〈변비 탐정 실룩〉 시리즈는 처음으로 그린 어린이책입니다.

온몸에 힘을 바짝 준 채 '강토끼 3종 경기 대회' 장면을 그렸습니다. 1등을 목표로 전력을 다해 뛰는 토끼들의 상황에 내내 몰입했거든요. 그런데 이야기가 진행될수록 남들 눈에 그럴듯한 일을 쫓아가기보다 내가 진정으로 원하는 길을 찾아 움직이는 게 중요하다는 생각에 이르렀어요. 가끔은 그걸 잊고 마구 뛸 때가 있거든요. 내 마음을 '잘 보고, 잘 듣는' 여러분이 되길 응원합니다.

변비 탐정 쌜록

이나영 글
박소연 그림

4 왕관을 노리는 토끼들

북스그라운드

등장인물

실룩

다들 붉은 토끼인 줄 알지만 실은 흰토끼다. 극심한 변비로 똥을 시원하게 누지 못해서 온몸이 늘 불그스레하다. 하지만 사건만큼은 셜록 탐정 부럽지 않게 명쾌하게 해결한다. 코를 실룩실룩하며 수상한 냄새를 기가 막히게 맡는 명탐정 실룩. 사건이 해결되면 시원하게 똥을 누며 본래의 눈부신 흰토끼로 돌아온다.

셜록에게 왓슨이 있다면 실룩에게는 소소가 있다. 참새인 소소는 덜렁대고 수다스럽지만 사건에 관한 핵심 정보는 단 한 번도 떠벌린 적이 없다. 수다 떠는 소소한 시간을 가장 사랑하는 소소는 오직 수다를 떨기 위해 아침 일찍 일어난다. 현재 실룩 탐정을 도와 사건을 해결하며 명탐정이 되기 위해 노력 중이다.

차례

1. 명탐정 실룩과 소소

실룩 탐정은 시계 알람이 울리기도 전에 잠에서 깨어났
어요. 그리고 걱정 가득한 얼굴로 침대에서 내려왔어요.

실룩은 온몸이 새빨개지도록 힘을 줬어요. 하지만 똥을 누진 못했어요.

실룩 탐정은 과민 대장 증후군*을 앓고 있어서 뱃속이 늘 불편했어요. 배에서 신호가 올 때마다 화장실로 뛰어가지만 시원하게 똥을 누지 못했어요. 그래도 사건만큼은 막힘없이 해결하기로 유명해요. 꿀랜드 사건 때는 범인으로 몰린 억울한 늑대를 구해 주기도 했지요.

*과민 대장 증후군 스트레스로 설사나 변비가 생기고 아랫배가 아픈 증상.

실룩은 아침밥 대신에 해바라기씨 초콜릿만 먹었어요.
오늘은 탐정 사무소가 쉬는 날인데, 참새 친구들이 재잘
대는 소리가 창으로 들려왔어요.

실룩은 사무소에 올라가 보기로 했어요. 겨우 한 층 위
인데 한 계단 오르고 쉬고, 한 계단 오르고 쉬느라 시간
이 조금 걸렸어요.

탐정 사무소 문 앞에 선 실룩은 안에서 아무런 소리가
들리지 않자 이상했어요. 조금 전까지 시끌시끌했는데 갑
자기 조용하다니요. 설마 소소와 참새 친구들에게 무슨
일이 생긴 건 아니겠지요?

실룩은 조심히 문을 열었어요.

소소와 친구들이 깜짝 응원을 준비했는데 실룩은 고개를 푹 숙이며 한숨을 쉬었어요.

오늘 실룩은 '강토끼 3종 경기 대회'에 참가해요. 계단 한 층 오르기도 숨찬 실룩은 대회에 나가고 싶지 않았어요.

잔뜩 긴장했군~ 느림보 친구.

두고 봐라...

역시나 거북이는 보이지도 않는군~ 낮잠이나 자 볼까~

어떻게 토끼가 거북이한테 지니? 토끼 망신이다!

으아아악!!! 어느 틈에 저기까지!!

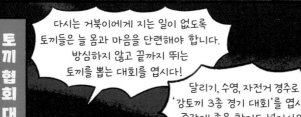

토끼 협회 대책 회의

다시는 거북이에게 지는 일이 없도록 토끼들은 늘 몸과 마음을 단련해야 합니다. 방심하지 않고 끝까지 뛰는 토끼를 뽑는 대회를 엽시다!

달리기, 수영, 자전거 경주로 '강토끼 3종 경기 대회'를 엽시다. 중간에 졸음 참기도 넣어요!

1등에게는 특별한 왕관을 줍시다! 그리고 시상식은 거북이 마을 앞에서 해요.

[강토끼 3종 경기 대회 경쟁 치열

스타 강사 북북 선생과 단독 인터뷰

올해로 300주년을 맞은 강토끼 3종 경기 대회 우승자는 전년도 우승자의 왕관을 물려받는 것뿐 아니라 특별 상금도

"내후년까지 스케줄이 꽉 찼다

깡충 신문

소소는 귀를 축 늘어뜨린 실룩이 안쓰러웠어요.

탐정님, 이 정도로 싫으시면 그냥 대회 안 나가면 되잖아요.

그때 누군가 탐정 사무소 문을 두드렸어요.

"누구지? 오늘은 사건 접수를 못 받는데."

소소가 고개를 갸웃거렸어요.

실룩은 아주아주 긴급하고 중대한 사건이 터져서, 자신

이 꼭 수사해야만 하는 일이 생기면 좋겠다고 바랐어요.

똑 똑

소소, 내가 나가지!

"아니, 엄마? 아빠?"

실룩은 깜짝 놀라서 뒷걸음질 쳤어요. 대회장에서 만나기로 한 부모님이 탐정 사무소에 나타났으니까요.

"안녕하세요, 처음 뵙겠습니다. 저는 조수인 소소입니다."

소소는 실룩의 부모님께 공손히 인사했어요.

말로만 듣던 소소군요.
만나서 반가워요!

부모님은 털이 뽀얗잖아!
똥을 잘 누시나 봐.

"엄마…… 왜 여기로 왔어요?"

실룩이 시무룩하게 물었어요.

잠깐만요! 제가 맞혀 볼게요.
혹시 탐정님이 대회장으로
안 오고 도망칠까 봐?

어떻게 알았지?
추리력이 제법이군.

그럴 리가요. 우리 실룩이 대회에
참가한다니 너무 설레서
눈이 일찍 떠진 김에 온 거예요.
호호호! 실룩, 그동안 연습 많이 했니?

실룩은 엄마의 물음에 얼굴이 더 붉어졌어요. 소소가
실룩을 대신해 대답했어요.

"저희 탐정님은 늘 사건 현장을 뛰어다녀서 따로 연습
이 필요 없어요. 얼마나 빠른지 몰라요."

실룩의 부모님은 흡족하게 고개를 끄덕였어요.

자, 이제 출발할 시간이에요. 소소는 친구들에게 부탁
해서 스쿠터를 한 대 더 준비했어요.

인기 있는 대회라 그런지 경기를 구경 온 토끼들이 아주 많았어요.

대회장에 들어선 실룩은 긴장한 탓인지 배가 슬슬 아파 왔어요.

"저는 잠시 들를 곳이……."

실룩은 잽싸게 화장실로 달렸어요. 실룩의 엄마 아빠는 그런 실룩이 익숙한지 어디 가느냐고 묻지도 않았어요.

한편 소소는 대회장이 마음에 쏙 들었어요. 볼거리, 먹을거리, 할 거리가 무척 다양했거든요. 겨울이지만 해가 쨍해서 별로 춥지도 않았어요.

우와~
호떡 냄새~

이렇게 좋은 줄 알았으면
매년 올걸!

24

대회 참가 선수들은 잠시 뒤
9시 30분까지 달리기 경기장으로
모여 주세요!

자, 이제 가 볼까.

탐정님은 저쪽….

실룩은 축 처진 어깨로 털레털레 경기장으로 갔어요.

많은 토끼들이 준비 운동을 하며 몸을 풀고 있었어요.

관중석에서 소소가 목청껏 응원하는 소리가 들렸어요.

파이팅!!!

하아…

3종 경기 중 첫 번째는 400미터 달리기예요. 그런데 그냥 달리기만 하는 게 아니라 다 뛴 다음에는 준비된 음식을 먹어야 해요. 그리고 30분 동안 가만 앉아 졸지 않아야 해요. 그 옛날 거북이와의 경주에서 진 토끼처럼 잠을 자서는 절대로 안 되죠. 그럼 탈락이에요. 힘껏 달린 뒤 배불리 먹고 나면 잠이 쏟아지기 마련이라 졸음을 참기가 정말 힘들죠. 잠을 이긴 토끼들은 다음으로 수영을 하고, 자전거를 타고 결승선까지 가요.

29

아침을 거른 실룩은 너무 배가 고파서 뛸 힘이 없었어요. 그래서 꼴찌로 달렸어요. 물론 아침을 먹었더라도 빨리 뛸 수는 없었을 테지만요.

"탐정님, 힘내세요. 400미터 완주하면 해바라기씨 초콜릿 샌드위치를 준대요!"

지친 실룩의 귀에 소소의 외침이 들렸어요.

실룩은 전속력으로 달렸어요. 토끼 하나를 제치고, 또 하나 제치고, 토끼들을 제쳐서 무려 3등으로 도착했지요.

400미터를 뛴 선수들은 준비된 음식을 먹었어요. 그리고 가만히 한곳을 보며 앉았어요. 모두들 잠이 쏟아져 견디기 힘들었어요. 무거운 눈꺼풀을 이기지 못하고 꾸벅꾸벅 조는 토끼들이 늘어났어요. 하지만 실룩은 아니었어요. 졸릴 만하면 배가 살살 아파서 잠을 잘 수 없었어요.

드디어 30분이 흘렀어요. 선수 가운데 넷만 깨어 있고, 나머지는 모두 잠이 들어 탈락하고 말았어요.

이제 수영과 자전거 경주가 남았어요. 과연 예상을 뒤엎고 실룩이 우승할 수 있을까요?

1등은 뭉실 씨였어요. 번개 씨는 결승선을 앞에 두고 넘어지는 바람에 작년에 이어 이번에도 2등이었어요. 3등은 털이 눈처럼 흰 백설 씨였어요. 아직은 어린 토끼들이라 앞으로가 더욱 기대되었죠.

대회 협회장인 토리 씨가 메달을 걸어 주고는 말했어요.

"자, 1등을 한 '올해의 강토끼'에게는 메달뿐 아니라 특별한 왕관이 주어지는데요. 제1회 대회부터 지금까지 우승자에게 전해져 내려오는 귀하고 명예로운 왕관이에요. 왕관 전달식과 특별 상금 수여식은 전통대로 거북이 마을 앞에서 열릴 예정입니다. 다 함께 배를 타고 이동하겠습니다."

실룩은 엄마의 눈치를 살피며 물었어요.

"엄마, 제가 메달을 못 따서 실망하셨죠?"

결승선 앞에서 실룩이 순간 화장실만 가지 않았어도 어쩌면 메달을 땄을지 몰라요.

"전혀. 내키지 않는데도 내 생일 선물로 대회에 나가 준 거잖니. 그것만으로도 엄마는 정말 고맙단다."

엄마가 실룩의 등을 토닥이며 활짝 웃었어요.

아빠가 물었어요.

"내년에도 참가할 거니? 오늘 보니까 연습 좀 하면 1등도 가능하겠더구나."

실룩은 대답은 않고 소소에게 속삭였어요.

갑판에는 토끼들이 많았어요. 이윽고 배가 출발했고,
토끼 중 누군가 새우 과자 봉지를 뜯었어요. 갈매기들이
배로 모여들었어요. 토끼들은 너도나도 새우
과자를 흔들었어요.

그러게. 나 내년 대회 준비로
벌써부터 스트레스 받아.
우리 엄마가 달리기 학원 다니래.

3종 경기보다
이게 더 재밌다!

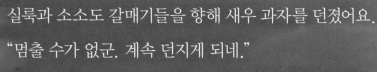

실룩과 소소도 갈매기들을 향해 새우 과자를 던졌어요.

"멈출 수가 없군. 계속 던지게 되네."

실룩은 왼손으로는 초콜릿을 먹고, 오른손으로는 새우

과자를 던졌어요. 던지고 또 던졌어요. 그러다 그만……

헷갈리고 말았어요.

갈매기들이 뿔뿔이 흩어지자, 갑판의 토끼들은 일제히 실룩을 쳐다봤어요.

하하…. 또 배가 아프네.

실룩은 엉덩이에 힘을 꽉 주고 화장실을 찾아 갑판 아래로 내려갔어요.

끄으응…

복도 맨 끝에 화장실이 보였어요. 실룩은 잽싸게 안으로 쏙 들어갔어요.

10분 뒤

누가 들어왔나?
누가 있으면
집중이 안 되는데.

끼으응... 끙....

끼익

철컥

어라?
불을 꺼 버렸네.

저기요!
여기 토끼 있습니다!

으아아! 정전인가?!!
하나도 안 보여!!

부스럭 부스럭

이런! 휴지가 없군.

그때였어요. 화장실 옆 칸에서 소리가 들려왔어요.

실룩이 다급히 말했어요.

"저기요, 옆 칸에 누구 계신가요? 죄송한데 밑으로 휴지 좀 나눠 주시겠습니까?"

옆 칸에서는 아무런 말이 없었어요. 실룩이 소리를 잘 못 들었나 생각한 순간······.

고맙습니다.

"여기요."

누군가 작게 속삭였어요. 어둠 속에서 실룩은 옆 칸에서 내민 휴지를 간신히 받았어요.

"고맙습니다."

옆 칸에서 바로 나가는 소리가 들렸고, 잠시 뒤 화장실
에 불이 켜졌어요.

"토끼 간 떨어질 뻔. 유령의 집에 다시 온 줄 알았네."

실룩은 식은땀을 흘렸어요.

소소가 화장실 안으로 들어왔어요.

"탐정님! 여기 계셨네요. 배 전체가 정전됐었대요."

"그랬군."

근데 이게 무슨 냄새예요?
얼굴색을 보니
똥은 못 누신 것 같은데.

흠흠! 가지!

4. 사라진 왕관

사건 현장에는 수사를 맡긴 협회장 토리 씨가 있었어요. 그리고 실룩의 엄마 아빠도 있었지요.

엄마가 실룩을 발견하고는 큰 소리로 외쳤어요.

"저기 오네요! 우리 애가 명탐정 실룩이에요. 잘 보고, 잘 들어요. 잘 누진 못하지만 사건만큼은 시원하게 해결하죠."

메달이 사라졌다고요?

네, 맞아요.
이 방에 보관했는데
감쪽같이 사라졌어요.

문이 활짝 열려 있네요.
잠가 두지 않았나요?

아니요. 문은 닫혀 있었고,
보안 요원인 돌프 씨가 문 앞을 지키고 있었어요.
문은 도둑이 들고 난 뒤에 열어 둔 거예요.
더는 훔쳐 갈 것도 없으니까요.

토리 씨 옆에는 보안 요원으로 보이는 덩치 큰 토끼가

서 있었는데 표정이 좋지 않았어요.

이분이
돌프 씨인가요?

황금 왕관인데 파란빛의 타원형 보석이 다섯 개,
붉은빛의 동그란 보석이 여섯 개 박혀 있어요.
그리고 왕관 가운데에 승리를 의미하는
손가락 브이가 양각으로 새겨져있죠.

어머!
엄청 비싸겠어요.

토리 협회장은 강토끼 왕관이 어떻게 생겼는지 설명을
마쳤어요. 그런데 할 말이 남았는지 우물쭈물했어요.

"토리 씨, 얘기해 보시죠."

토리 협회장이 주위를 두리번거리더니 실룩에게 귓속말
로 속삭였어요.

속닥속닥…

실은 왕관 겉에만 살짝 금을 입혔어요.
보석도 저렴한 큐빅이고요.
그래도 대대로 내려오는 귀한 왕관이에요.
이 비밀은 꼭 지켜 주세요.

나…
나도 알려 주지….

"아, 그렇군요. 아무리 비밀이어도 같이 수사하는 소소
에게는 말해야 합니다. 우리는 한 팀이거든요."

실룩은 소소에게 왕관의 비밀을 알려 주었어요.

어머? 정말요?
세상에! 믿을 수 없어!
어떻게 이런 일이!

엄마 아빠는
알아도 되지 않니?

안… 안 되죠….
두 분은 왜 여기
계시는 거예요.

제발…
조용히…

소소, 승객 명단을 확보하고 배 안을 샅샅이 살펴 주게. 왕관이 사라진 것은 비밀로 하지.

속닥 속닥

소소는 곧바로 움직였어요. 실룩은 자리에 남아 돌프 씨에게 질문했어요.

"자, 돌프 씨, 묻겠습니다. 방을 지키다가 왜 자리를 비웠나요?"

선장님이 해물라면 한 젓가락만 먹고 가라고 연락하셔서… 잠깐이면 괜찮겠다 싶기도 하고….

보안 요원이 라면 때문에 자리를 뜨다니!

"토리 씨, 진정하세요. 화를 낸다고 사라진 왕관이 돌아오진 않습니다."

실룩은 토리 씨를 진정시켰어요.

자리를 비운 때가 언제인지 기억나나요?
정전되기 전인가요? 얼마나 비웠죠?

정전되기 전이에요. 라면을 한 젓가락만 먹고
돌아오는 길에 갑자기 정전이 됐어요.
자리를 비운 시간은 5분도 되지 않아요.
치사하게 정말 딱 한 젓가락만 남겨 뒀더라고요.

"돌프 씨, 강토끼 왕관이 탐나서 슬쩍한 거 아니요?"

토리 씨가 돌프 씨를 몰아붙였어요.

"제가 왕관을요? 제가 고모 부탁으로 오늘 여기에 왔지만 원래 직업은 보석 감정사인데……."

"저기 토리 씨, 돌프 씨는 어떻게 채용한 거죠?"

실룩이 물었어요.

토리 씨는 실룩이 명탐정이 맞는지 의심스러웠지만 어
딘가로 전화를 걸어 수상자들을 모이게 했어요.

잠시 뒤 1등을 한 뭉실 씨와 뭉실 씨의 엄마 그리고 3등
을 한 백설 씨와 백설 씨의 아빠가 찾아왔어요.

"뭉실 씨, 우선 1등을 축하합니다. 같은 질문을 할게요. 배가 정전되었을 때 어디 계셨죠?"

뭉실 씨와 뭉실 씨의 엄마는 뱃멀미를 하는지 표정이 좋지 않았어요.

정전이 됐었나요?
둘 다 갑판에 있어서
정전된 줄도 몰랐어요.

흠, 그렇군요.

마침 잘 왔네.
갑판으로 나가지.

탐정님,
드릴 말씀이
있어요.

실룩과 소소는 갑판으로 나갈 때까지 아무 대화도 하지 않았어요. 소소는 수다쟁이이지만 입을 다물어야 할 때를 잘 아는 훌륭한 조수였으니까요. 이번 사건은 두 가지 비밀을 지켜야 했어요. 비싼 줄 알았던 왕관이 그렇지 않다는 점과 바로 그 왕관이 사라졌다는 사실이죠.

정전됐을 때 말이지,
똥을 누지 못해서 한참을
화장실에 있었는데….

끼이익...

...

쫘아악!

불이 꺼지자마자
밖이 아주 떠들썩했어.

푸학

그러니까 갑판에서도 그 소리가 들렸는지
알아봐 주게. 그리고 화장실에서 맡았던 냄새.
자네도 알지? 승객들 손톱을 살펴 주게.
누가 매니큐어를 발랐는지.

네, 그럴지만
똥 냄새도
날 수 있죠.

그래, 역시 알고 있었군.
난 번개 씨를 만나고 오겠네.

역시 파도 소리 때문에
하나도 안 들렸어.
그래도 매니큐어를 바른
승객을 찾으라는
지시는 들었으니까.
근데 왜 찾으라는 거지?

5. 범인은 흔적을 남긴다!

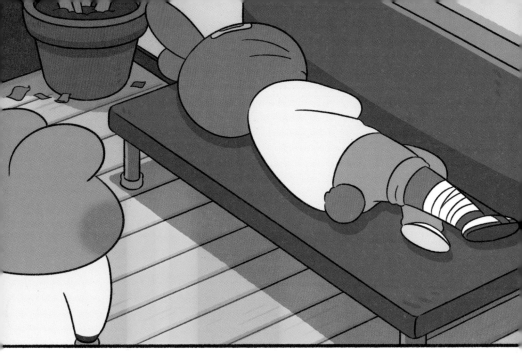

　한편 실룩은 번개 씨를 찾아갔어요. 번개 씨는 휴게실 한구석에 등을 돌린 채 누워 있었어요.

　"흠흠, 혹시 번개 씨인가요?"

　번개 씨는 잠이 들었는지 대답이 없었어요. 실룩은 다시 한번 물었어요.

　"저기, 번개 씨 맞나요?"

　그제야 번개 씨가 끙끙대며 몸을 돌려 누웠어요.

　"네……."

　"저는 실룩 탐정이라고 하는데 물어볼 게 있어서요."

"아! 아까 경기장에서 봤어요. 잘 뛰시던데 탐정님이셨군요. 그런데 물어보실 게 뭔가요? 제가 많이 다쳐서 움직일 수가 없어요. 넘어지면서 손도 다친 것 같고요."

"많이 아프겠군요. 그래도 2등 한 거 축하합니다."

번개 씨는 실룩이 축하를 전하자 갑자기 울음을 터뜨렸어요.

"1등을 못 해서 엄마가 내년에 또 나가래요! 너무해요!"

그때였어요. 언제부터 와 있었는지 소소가 외쳤어요.

탐정님, 맞아요!
번개 씨 엄마가 바로….

소소는 번개 씨의 엄마가 범인이라고 생각했어요. 그렇지만 실룩이 시원하게 똥을 누고 눈부신 흰토끼로 돌아올 때까지 기다리기로 했어요.

토리 씨가 말했어요.

"그럼 휴지는 수사 도구인가 보군요."

실룩이 휴게실로 돌아왔을 때는 모두가 한자리에 모여 있었어요. 뭉실 씨와 뭉실 씨의 엄마, 번개 씨와 번개 씨의 엄마, 백설 씨와 백설 씨의 아빠. 그리고 실룩의 부모님과 돌프 씨도 와 있었죠.

실룩이 물었어요.

"왜 여기 다 모여 계시죠?"

"어머! 뽀얀 얼굴을 본 게 얼마 만이니!"

실룩의 엄마가 감탄해서 외쳤어요.

제가 다 모이시라고 했습니다.
여러분, 강토끼 왕관이 사라졌습니다.
비밀로 하고 싶었지만 이제 시간이 없네요.

6. 진짜 범인은 바로……

"왕관이 사라졌다니, 그럼 이제 어떻게 되는 거죠?"

뭉실 씨의 엄마가 따졌어요. 대회에서 1등을 한 뭉실 씨가 왕관을 받지 못하게 되었으니 화날 만했어요.

토리 협회장이 뭉실 씨의 엄마를 진정시키며 말했어요.

"안심하세요. 실룩 탐정님이 범인을 알아냈으니 왕관도 되찾을 수 있어요. 맞죠, 탐정님?"

그때였어요. 별안간 번개 씨가 외쳤어요.

번개 씨 어머니는
범인이 아닙니다.

실룩의 말에 소소는 깜짝 놀랐어요.

"아니라고요? 왜요? 그럼 왜 자기가 범인이라고 말

한 거예요?"

소소는 이해할 수 없었어요.

"왜 그랬는지 저도 궁금하네요. 두 분 설명해 주시죠!"

저희가 바로 그… 토끼 집안이에요.
거북이와의 달리기 경주에서 지는 바람에 토끼들을
망신시켰다는 토끼가 저희 집안 조상님이죠.

너무 충격적이야! 상상도 못 했어! 뭐라고?
맙소사!
헉!

그래서
엄마가
나한테….

불명예를 씻기 위해 집안의 모든 토끼들이
이 대회에 참가해 왔었죠.
그런데 어떻게 된 일인지 하나같이 달리기도 못하고
꼭 도중에 잠이 들어 버렸어요.
유일하게 번개만 아주 잘 달리고, 졸지도 않았죠.

번개는 우리 집안   희망이야.

전 번개가 1등을 해야 한다는 압박감이
너무 심해서 왕관을 훔친 줄 알았어요.
그래서 그냥 제가 훔쳤다고 한 거예요.
다 제 잘못이니까요.

실룩이 손으로 범인을 가리키려는데 배가 또 흔들렸어요. 그 순간 뭉실 씨가 휴게실 밖으로 뛰어나갔어요. 뭉실 씨의 엄마가 그 뒤를 쫓아 뛰었고요.

1등을 한 뭉실 씨가 어째서 왕관을 훔쳤는지 그 누구도 이해할 수 없었어요. 훔치지 않아도 손에 넣을 텐데요.

정말로 두 분이 왕관을 훔쳤나요?
어차피 1등에게 주어질 텐데 이해가 안 되네요.
탐정님, 설명 좀 해 주세요!

뭉실 씨와 뭉실 씨 어머니는
정전됐을 때 갑판에 있었다고 했지요?
그래서 정전이 된 줄도 몰랐다고요.

정전이 됐었나요?
둘 다 갑판에 있어서
정전된 줄도 몰랐어요.

하지만 그때, 배는 승객들 비명으로
엄청 소란스러웠어요. 모를 수가 없었죠.

뭉실 씨 어머니는 갑판이 아니라
화장실에 있었어요.
정전이 되어 깜깜했지만
매니큐어에서 나는 특유의 냄새가
코를 찔렀어요.

그때 제게 휴지를 주셨죠?
휴지에 매니큐어가 묻어 있었습니다.
지금 손톱 색과 똑같은 노란색 말이죠.

지독한
냄새…

하지만 어째서 왕관을 훔쳤는지는
직접 설명해 보시죠!

아니, 그때 그 냄새가 그럼?

제가 훔쳤어요. 잘못했어요. 1등을 하면 다음부터는 대회에 안 나가도 될 줄 알았는데, 엄마가 내년에 또 나가라고 해서⋯ 대대로 1등에게 물려주는 왕관이 없어지면 대회가 중단될 거라고 생각했어요.

토리 협회장은 기분이 좋지 않았어요. 어린 토끼들이 '강토끼 3종 경기 대회'를 이렇게 싫어하는 줄은 꿈에도 몰랐거든요. 다들 우승 왕관을 명예롭게 여길 줄 알았는 데, 이 모든 일이 왕관이 갖기 싫어서 벌어진 일이라니요!

왕관이 사라진 건 제 탓이에요. 뭉실이 손에 왕관이 들린 걸 보고 얼른 빼앗아 화장실로 숨었는데 숨길 데가 없었어요. 그래서 갑판에 나갔는데, 그만⋯.

그만? 왕관이 어떻게 됐는데요?

7. 갈매기와의 협상

"갑자기 배가 흔들리면서 왕관을 놓쳤어요. 그런데 감쪽같이 사라졌어요! 일부러 그런 건 절대 아니에요!"

이 말에 토리 협회장은 그대로 주저앉고 말았어요.

소소가 한참을 쫓아 도착한 곳에는 갈매기 무리가 있었어요.

소소는 왕관 쓴 갈매기가 행여 도망칠까 봐 조심스럽게 다가가 말을 걸었어요.

소소는 갈매기의 냉정한 대답에 왕관을 되찾는 게 쉽
지 않겠다고 생각했어요.

"강토끼 3종 경기 대회의 1등에게 대대로 이어지는 왕
관이라 토끼들에게 꼭 필요하답니다."

"그래? 이게 그렇게 대단한 거야?"

갈매기는 왕관을 요리조리 뜯어봤어요.

소소는 사실 그 왕관은 값어치가 없다고 말하고 싶었지만, 그렇게 말한들 갈매기가 믿어 줄 것 같지 않았어요. 그래서 우선 갈매기를 배로 데려가기로 했어요.

"저랑 함께 배로 가 주실래요? 토끼들에게 왕관을 돌려주면 훨씬 더 좋은 것을 줄지 몰라요. 제발요, 갈매기님."

소소의 간절한 부탁에 갈매기는 마음이 움직였어요.

토끼들이 대신에 무얼 줄지 기대되기도 했고요.

"어! 저기 위를 봐요!"

백설 씨가 갈매기를 발견하고는 외쳤어요.

왕관을 쓴 갈매기는 전망대 꼭대기에 앉아 있었어요. 갑판에 있는 토끼들이 모두 박수를 치며 환호했어요. 소소는 실룩 탐정 곁으로 돌아왔고요.

휴~
살았다….

탐정님, 저한테
하실 말씀 없으세요?
(어서 칭찬하세요.)

왕관만 가져오지
갈매기는 왜 데려온 건가?

사실 갈매기는 왕관이 별로 필요 없었어요. 예쁘지도 않고 무겁기만 했죠. 그래서 새우 과자 두 봉지면 아주 만족스러운 교환이라고 생각했어요.

"좋아요, 제가 얼른 매점에 다녀올게요."

토리 씨가 서둘러 갑판 아래로 내려가려는데, 어린 토끼들이 옷자락을 붙들고 늘어졌어요.

그냥 갈매기한테 줘 버리세요!

싫어요! 새우 과자랑 바꾸지 마세요.

왕관 따위 보기도 싫어요!

어른 토끼들은 깜짝 놀랐어요. 어린 토끼들이 이렇게나

강토끼 3종 경기 대회를 싫어하는 줄 몰랐거든요.

"됐어, 됐어! 야박하기는. 새우 과자 안 먹고 말지."

화가 난 갈매기는 왔던 길로 도로 날아갔어요.

"우아! 우아아아!"

어린 토끼들은 제자리에서 깡충깡충 뛰며 기뻐했어요.

생각할수록 화나네!
새우 과자 두 봉지도 아까워하는
구두쇠 토끼들 같으니.
이건 또 왜 이렇게 무거워!

며칠이 흘렀어요. 그사이 실룩은 변비로 얼굴이 다시 붉어졌어요.

실룩 탐정의 부모님은 실룩의 집에 머물고 있었어요. 그리고 오늘은 실룩 엄마의 생일이었어요. 실룩은 정성껏 생일 파티 준비를 했어요. 소소가 실룩을 도와줬고요.

"엄마, 제가 준비한 선물이 있어요."

실룩이 활짝 웃으며 커다란 선물 상자를 내밀었어요.

"선물은 무슨. 이번에 네가 수사하는 모습을 보니까 얼마나 자랑스럽던지. 그걸로 충분하단다."

엄마는 말은 그렇게 하면서도 서둘러 상자를 열었어요. 상자 안에는 최고급 수제 해바라기씨 초콜릿이 들어 있었어요.

실룩, 이건 네가 좋아하는 거잖니!

우리 가족이 다 모여 있으니 정말 좋구나.

내 생일에도 해바라기씨 초콜릿을 주시더니….

그래서 말인데, 크리스마스 때까지만 여기 있으면 안 될까?

그… 그건….

크크.

제603호 구린 사건을 시원하게

구리구

제300회 강토끼 3종
모두가 건강하게 즐기는 토끼

강한 체력과 스피드, 인내심을 가진 최고의 토끼를 선발하는 '강토끼 3종 경기 대회'가 성대한 막을 올렸다. 토끼들은 그 옛날 거북이와의 경주에서 토끼가 패배한 사건을 계기로 매년 대회를 개최해 왔다.

토끼들은 400미터를 달린 다음 준비된 음식을 먹고 30분 동안 가만히 앉아 졸음 참기, 수영, 자전거 경주를 이어 치른다. 1등, 2등, 3등 강토끼에게는 메달이 수여되고, 특별히 1등은 제1회 대회 때부터 이어지는 강토끼 왕관을 물려받는다.

최고로 강한 토끼, 강토끼를 뽑는 대회에서 치열한 접전 끝에 뭉실 씨

후보로 꼽혔던 번개 씨는 결승선을 앞두고 넘어지며 올해에 이어서 도 2등을 했다. 3등은 올해 가한 백설 씨에게 돌아갔다

제300회 강토끼 3종 경기

한편 이번 대회에서 띈 선수는 실록 탐정 달리던 실록 탐정은 하나둘씩 제치며 무서

리 신문

발행인 : 우드페커

경기 대회!
달리기 대회로 거듭나기로!

갔다. 하지만 애석하게도 결승선을 착 각했는지 다른 곳으로 뛰어가는 바람 에 우승을 놓치고 말았다.

실룩 탐정의 순간 달리기 속도는 올 림픽 신기록에 버금갈 정도로, 스피 드의 비결을 묻자 이번에도 탐정 삼원 칙이라는 대답과 함께 '잘 보고, 잘 듣 고, 잘 누자'를 외치고 사라졌다.

본 기자는 강토끼 3종 경기 대회의 왕관 전달식이 열리는 거북이 마을 행 사장으로 발 빠르게 찾아갔는데, 놀 랍게도 행사가 취소된 뒤였다. 자리를 채우고 있어야 할 토끼들이 하나도 보 이지 않았고, 어렵게 통화가 된 토끼 들 역시 입을 다물어서 시상식이 취소 된 이유를 알 수 없었다.

겨우 만난 익명의 제보자는 갈매기 가 왕관을 가져가서 다행이라는 말을 전했고, 또 다른 제보자는 어 리 토끼들이

왕관을 갈매기에게 주었다는 의문의 말을 하기도 했다.

취재 결과, 강토끼 왕관이 사라진 게 사실로 밝혀지며 내년 대회 개최 여 부가 불투명해진 가운데, 협회장 토리 씨는 지금까지의 대회가 지나치게 경 쟁심에 치우친 면이 없지 않았다며 대 회 내용을 대폭 수정해서 토끼들이 마음껏 즐길 수 있는 건강한 대회를 만들겠다는 뜻을 전해 왔다.

미션 1. 20쪽　　　　미션 2. 46쪽　　　　미션 3. 57쪽

변비 탐정 실록 ❹ 왕관을 노리는 토끼들

초판 1쇄 2024년 11월 30일

글쓴이 이나영 | 그린이 박소연
펴낸이 문태진 | 본부장 서금선 | 편집 임선아 송은하 | 디자인 김선미
마케팅팀 김동준 이재성 박병국 문무현 김윤희 김은지 이지현 조용환 전지혜
디자인팀 김현철 손성규 | 저작권팀 정선주
경영지원팀 노강희 윤현성 정헌준 조샘 이지연 조희연 김기현

펴낸곳 ㈜인플루엔셜 | 출판신고 2012년 5월 18일 제300-2012-1043호
주소 (06619) 서울특별시 서초구 서초대로 398 Bnk디지털타워 11층
전화 02)720-1034(기획편집) 02)720-1024(마케팅) | 팩스 02)720-1043
전자우편 books@influential.co.kr | 홈페이지 www.influential.co.kr

© 이나영, 박소연, 2024

ISBN 979-11-6834-242-2 74810 / 979-11-6834-101-2 (세트)

＊KC마크는 이 제품이 공통안전기준에 적합하였음을 의미합니다.
＊제조국 : 대한민국 ＊사용 연령 : 8세 이상
＊책장에 손이 베이지 않게, 모서리에 다치지 않게 주의하세요.